今日だけは
ひとつの成功より
ひとつだけの幸せについて
考えたい　考えてみてほしい
もっと自分だけの
オリジナルの幸せを

ブルーグリーンに包まれて

浜野　みなみ

文芸社

撮影　齋藤陽道

人は一人ひとり違う
だけどみんな同じ人間
だから一人ひとり
そしてみんなの毎日が
大切な一日

目次

第一章
うずまく色
ただよう日々

運

命を使命にかえていこう

気づくことはできる
難しいのは　そこからどうするか

悔しさをそのままにしない

落ち込むのはそろそろやめて
学んだことを　生かそう

沈

みこめ　沈みこめ
今は深く沈みこめ

そのあとに
ジャンプするときが
必ずくるから

希望も抱かない
絶望にも落ちない
ちょうどの高さで
空をみる

君について　周りがどんな噂をしていようと
君の口から出た言葉が
どんなに情けないものでも
思ってもいなかった君の行動に
一瞬　君を遠くに感じることがあったとしても
この気持ちは変わらないだろう
君とは　生涯続いていくだろう
そうでありたい
君との関係は
〝うまくやりたい〟
ではなくて
〝この人に関わりたい〟
だから

これだけ生きてきたら
まぁ　ひととおりの感情ってのは
体験してると思ったけど
びっくり
まだあったんだな
未体験ゾーンが

嬉しいけど　嬉しいだけじゃなく
泣けるけど　悲しいとは全然ちがうし
幸せだけど　飛び上がっちゃう幸せじゃない
しんと静まった　澄んだ幸せで
いつか誰かが言っていた
「せつなさは快感だ」
という言葉の真意はこれかな

人はこんな想いで
眠れないことがあるんだね

涙が流れているうちに
地球が回って朝が来た

大切なことは
きっと　もっとシンプルなところにあるはず
〝愛する〟とか〝感謝する〟とか〝楽しむ〟とか
でも　人間は
生きるほど　心にムダなものがくっついてきて
それを捨てられないまま生きているから
むずかしくなるんだと思う

〝好きな思い〟は自由だ
誰にも責めることはできない

君と会って変わった
元気になった
明日の自分が楽しみなくらいに

健康な人の幸せとは
ちょっと違う
おもしろい幸せがあるんだ
体がつらいそのまんまを
君に見せてしまう代わりに
そのおもしろい幸せを分けてあげる

思い出したくないこと　認めたくない現状を
今日は隅におかないで
真正面から見つめてみよう

まずは　すぐ片づく用事を済ませてしまおう
食器洗いとか　洗濯とか

でも　今やりたくないと思ったら
やらないと決めて
もう振り返らない
数日先の予定も　頭から消そう

そして　ひとりになろう
自分以外の人を見ながら
中途半端に考えたりしちゃうと

余計に苦しくなるから
不安でも寂しくてもひとりになる

それから　そんな自分には
ささやかでも　ひとつでも
ほっとするものをあげよう
いい香りの入浴剤を入れたお風呂とか
緑の風の吹く場所とか
高台から見下ろす街の風景とか
そして　そこで　それらと向き合ってみる

少しは何かが見えてくるかな……

心と道を開いていく　まん中の力　最後の力は
ほかの誰でもなく
自分自身なのよ

強く放つ光も
やさしく包む光も
持っているのは

一泣いた人間より
十泣いてきた人間のほう

君のことが好き
でもこの体では無理だろう
だけどやっぱり大好きで……
そんな思いのまま　飛び立つ君を見送った日から
もう何年だろう

あの頃より病気は進んだのに
今ならきっと「私も一緒に行ってみたい」と言える

今日　台風が去って
日本は晴れています

壊れた心のカケラを
ひとりで集めているのって
大変なんだけど
でも
なんかいい感じ
余計なものは拾わずに
心を
本当の自分に戻せるようで

刻々と色を変えていく空だとか
輝きながら弧を描いていく星だとか
ひとつとして同じものがない波だとか
鳥や魚や虫たちが
ただ生きることに誠実な姿だとか
〝人間がつくったものじゃないもの〟に
囲まれた時
つらいことや　悲しいことは
やさしさと強さに変わる

画面の中にいる人の　立派な生き方を見たりして
あぁ　この気持ちを忘れないでいよう
これからは　こんな思いで生きていこうと思うけれど
長続きしない

それならそれを　何度でも繰り返し
積み重ねていこうよ

体が動かなくなってきたなぁ
つらいなぁ
世の中は　あいまいなものを
許さなくなったなぁ……

痛いだけの一日が
君のひと言で最高の一日になる
なんなのだろう　この力
心のこもった　言葉の力

なんとか起き上がって　ベッドにすわった
別に苦しくはないんだけれど　とにかくだるくって
目を開きたくないんだ
頭を右に傾けたら
そこには
大きな肩があって　君の匂いがしたから
寄りかかって体の力を抜いた
いつもやるように　膝の上で手を繋いだら
目の前には緑と水の風景
眩しすぎない光と鮮やかな色

目を開けたら　薄暗い部屋
寄りかかる肩なんてない
看護師さんが　朝の検温にまわる音が
近づいてくる

もう一度　目を閉じて君を想った
横になって眠ろう

「ねぇ　今日のごはんのあとのことなんだけど
僕が食器をキッチンまで運んでいって
『明日また雨だって』と言ったら
君が『そうなの』と言いながら　お皿を受けとったの
そういうのって幸せだよね」
なんて言って
私の横に寝ころぶ君がいるから

君のために　やさしく生きよう
ありがとうの想い
君に返していこう

つらい時こそ
本当に大切なことを見失わず
穏やかに　優しくありたい

愛

されることより
愛することが
生きる力
そして　愛することは
相手への期待を持たず
苦しさも受け入れる覚悟があってこそ
本物なのだと思う

君と家族になりたかったのは
〝私を幸せにしてね〟と思ったからじゃない
〝君となら一緒に苦労したい〟と思ったから

やっほーぅ
うれしい！
心臓が
きゅんといい感じ

〃ここは囲いのない　どこまでも広い牧場だー〃と
行きたい方向に行き
寂しさを思い出さないために遊んで
毎日好きなところで眠りについた
でも　ズームアウトして　空から見たら
あたしからは見えなかった遠い遠い先に
しっかりと柵があって
自由だけど　ちゃんと守られていた――

君がいてくれるってことは
そういうことだった

こだわりを捨てよう

過ぎたことを思ってたって
仕方ないんだけどね
消せない過去を直視して
苦しむくらいが
ちょうどいいと思ったね
今のあたしには

いろんな出来事を思い出した
それは　楽しい場面も　なぜか
悲しみを含んでいるのだけれど
とにかく　そこへ
体ごと
戻っていった

〝うれしい〟という　たった四文字の表現を
一番もどかしく思うのは私自身
言葉にするほど遠ざかってしまうから
そんな気持ち　大切にしたい

「ごめんね」は
くり返すほど虚しく
軽い言葉のようになり……

言葉にしないまま
消えていく思いは
どれだけ多くあるのだろうか

ぽ
とぽと落ちる
モルヒネの点滴が効かない
痛みをありがとうにかえて
じっと春を待とう

君と見た
海岸線に立ち並ぶ風車を思いだす

秋は寂しいと　人は言うけれど
私の場合は春だ
満開の桜ほど
寂しいものはないだろう

この空のような人間になりたいなんて
僕はバカだった
こんな偉大なものに　なれるはずがない
空に舞う砂粒にすらなれないよ
それでいい　それでいい
今日も空を見上げて生きてゆく

今年は
マチュピチュに行き
ナスカの地上絵を見て
そのあと　チチカカ湖の
トトラでできた浮島に渡り
その草の上でぴょんと跳ねたい
君といっしょに

「今日の活動範囲　半径1メートルじゃん
起きられないんだね……」
と母の声

「うそだぁ
今日はずいぶん遠くまで行けたよ
今　その心地よい疲れで　目を閉じていたんだから」

ベッドサイドで君が話してくれる世界
君の目　君の耳　君の手足をとおして
いろんなところへ行けるんだ

もし僕が波乗りだったら
君の心の波に乗って
もどかしさを
蹴散らせるだろう
君の波を砕きたい

「明日地球が滅びるとしても
今日あなたはリンゴの木を植える
そういう人のような気がする」と
君は言う

いやいや　それは私をわかっちゃいない
私は愛する人と酒を飲み　まったりするだけ
そして　明後日また会おうと約束する

私は決して綺麗じゃないし　強くもない
ちっぽけで　自分勝手な人間だ

裸

足のまま　そこから飛び出していきたかったけれど
私は動く体を持ちあわせていなかった

杖をついて　玄関を開けたら　息切れがした

葉の間から月
車の下にネコ
もう少しで夜が明ける

気づくのに遅いなんてことはない
今日はあと七時間もある
充実させよう
二度とない今日を

その体の痛み　その動けなくなっていく感じ　あたし　少しわかるから
あんたが自ら死んでも
あたし　怒れないだろうな
どこかの誰かが
「死ぬ気でやればできないことはない」
と言おうとも
「弱い人間だ」
と言おうとも
あたしは
「よくがんばったな　これで楽になったか」
と言っちゃうかも
でも　その後　あんたを失った自分がどうなるだろうと思うと
つぶれちゃいそう
あたしが先だったら　あんたもこんな思いになるわけ？
あたしも　今すぐにだって楽になりたいと思うこと　あるけど

もしも　あんたがこんな思いをするのなら
それは困る
つぶれちゃいそうでも　こんなつらさはあたしが引き受けなきゃ

遠く離れた大分で暮らす〝分身ちゃん〟よ
だから　あたし　生きるからさ

みんな老いる
みんな　死ぬ
それでいい

だからやさしく
だから大切に
生きよう

いろんなことを積み重ねて
心に刻もう

青空に
音楽やアナウンスが流れていたあの日
小さな私の体は　元気いっぱいに動いていた
少しカッコつけて「にゅうじょうもん」をくぐり
誇らしげに「たいじょうもん」に向かった
病気など遠い遠い日のこと

答えは急がないほうがいい
時間は流れているから
時がたてば　物事が変わることもあるから
時がたてば　自分が変わることもあるから
時間は人に優しいから
とにかくゆっくりだ
無理に答えを出さなくていい
そうすりゃ　よくなるから
きっとよくなるから

何ケ月ぶりかで出た外は
記憶ではなく　本能がなつかしいと感じる空気
でも　それをゆっくりと味わってはいられない
吹いてくる風は
容赦ない自然の厳しさとか
人間のムダな気の使いあいとか
すごいスピードで動いてる社会とかを
ありのままに伝えてくるから
動けない私は　ただ立っているだけで
どんどん体力が奪われていく
だけど　それでもやっと出られた外の空気
ずっと吸っていたい
この風に負けたとしても　心地よいまま倒れていけそう

おなかの底から湧きあがってくる
すごく力強い何か
今にも飛び出しそうに
圧縮されているような
ひとつの何か

外に出たい　外に出たい

特別な世界じゃなく
見慣れた日常の
見すごしてしまいそうな中にありながら
あたしに向かって光を放っているものはどこ？
体のまん中から湧きあがる
その何かとだけ
ぴたりと引き合うものに出会うために　外へ出たい

子どもの頃
ジリジリと肌が焼けていくのを感じる日差しも
炎のようなゆらめきが立ちのぼる地面も
なんともなかった
ワクワクさえして　外に飛び出していった

今　この暑さは
私を家の中へ閉じ込めてしまうものになったけれど
いくつになっても
あの日の感覚をときどき思い出したいな

ビニールのプールバッグの匂いが夏の始まり
足を水につけた瞬間のひんやり感は
指先からのぼってくる
えいっと飛びこんだら
水と体の温度の境界面が　あいまいになるまで手足を動かす
水中で耳に響いてくる　自分だけの水の揺らぎの音
カラコロン
水面で見た二つの光は　空からのキラキラと　水からのキラキラ
コンクリートを一歩進むたびに　体から落ちていく水
代わりにもらう足裏の温かさ

「ただいま」はいつもおばあちゃんち
向き合う扇風機の羽根は濃い青
余韻などない安っぽい風鈴の音

おじいちゃんの盆栽が見える縁側にゴロンとすると
おそってくる
泳いだあと独特の　気だるく
でもどこか気持ちよい疲れ

あの頃の夏が　今年も病院のベッドの中で
よみがえります

薬は一時の手助けで
本当に人を楽にするもの　本当に人を治すものは
別のところにあると信じてる
空が　海が　感じさせてくれるものの中に
あなたが奏でてくれる音楽の中に
人が与えてくれる　形ないものの中に
そして自分自身の中に

だから薬は最低限
動ける量だけあればいい

遅

すぎることは　ある
本気で気づいちゃった
だって　お母さんになってみたかったんだもん

シャンプーを流すのと一緒に
私の心の汚れも　流れてくれたらいいのに

この思いを突き詰めていけば
本当に大事にしなくてはいけないものに
辿り着くとわかっているのに
私はまだ逃げている

どんな時も夢を持つ

ただ逃げるように夢をみるんじゃなく
厳しい現実とも向かい合いながら
いつも自分の夢を持つ

ある日　突然降ってくる
「今　会う時だ――」
という感覚

最近　いろいろ考えてしまいます
考えてしまいます
でも　そんな「私の季節」があっても
いいかなと思います

君はニュートリノ
私は光センサー
君が放つ
本当にかすかな
青白いチェレンコフ光
私だけが受け取った
今まで見たどれよりも綺麗な光

第二章
とけあう色
彩られる日々

郵便はがき

料金受取人払郵便

新宿局承認

8477

差出有効期間
2020年12月
31日まで
(切手不要)

1608791

141

東京都新宿区新宿1－10－1

(株)文芸社

愛読者カード係 行

お名前《ふりがな》		明治 大正 昭和 平成	年生 歳
ご住所《ふりがな》	□□□-□□□□		性別 男・女
お電話番号	(書籍ご注文の際に必要です)	ご職業	
E-mail			
ご購読雑誌(複数可)		ご購読新聞	新聞

最近読んでおもしろかった本や今後、とりあげてほしいテーマをお教えください。

ご自分の研究成果や経験、お考え等を出版してみたいというお気持ちはありますか。

ある　　ない　　内容・テーマ(　　　　)

現在完成した作品をお持ちですか。

ある　　ない　　ジャンル・原稿量(　　　　)

書　名			
お買上 書　店	都道　　　　市区 府県　　　　郡	書店名	書店
		ご購入日	年　　月　　日

本書をどこでお知りになりましたか?

1.書店店頭　2.知人にすすめられて　3.インターネット(サイト名　　　　)

4.DMハガキ　5.広告、記事を見て(新聞、雑誌名　　　　)

上の質問に関連して、ご購入の決め手となったのは?

1.タイトル　2.著者　3.内容　4.カバーデザイン　5.帯

その他ご自由にお書きください。

(　　　　　　　　　　　　　　　　　　)

本書についてのご意見、ご感想をお聞かせください。

①内容について

②カバー、タイトル、帯について

弊社Webサイトからもご意見、ご感想をお寄せいただけます。

ご協力ありがとうございました。

※お寄せいただいたご意見、ご感想は新聞広告等で匿名にて使わせていただくことがあります。

※お客様の個人情報は、小社からの連絡のみに使用します。社外に提供することは一切ありません。

■書籍のご注文は、お近くの書店または、ブックサービス(0120-29-9625)、セブンネットショッピング(http://7net.omni7.jp/)にお申し込み下さい。

宇宙でたった一人の君へ

「生きていく」と思うとしんどいけど
「生きている」と感じたら幸せ
痛い体で私は空を見上げる
海を感じる
そして　君を想う

君は　何も言わないまま
どこかへ行っちゃったけれど
私は怒っていない　涙も出ない
心配で何も手につかないなんてこともない
それが君への深い想いの形

帰ってきたら
いつでも　純粋に抱きしめたい人だ

友達へ

君の心は病んでなんかいない
ただ　今まで人よりちょっと寂しくて
人より頑張りすぎちゃって
人より繊細だっただけ
そんな素敵な歌がうたえるんだもの

体の次は　心までも病んでしまった私は
この六ケ月の間
何をしていたのか
ほとんど記憶にない

だけど
君への想い
それだけは
ちゃんとやさしく
ちゃんと悲しく
ちゃんと澄んでいられた

君への言葉には
何かつけ加えることもない
何か削ることもない
いつもぴったり　そのままの自分

自分でも意外だった――
君からのメールを
迷わず消去できる自分が

どうか　私にはもう絶対に届かない
大好きな人であり続けてほしい
元気で　幸せに　生きてほしい

君は薬いろいろ飲んでるでしょ
俺も君の薬に入れてくれないかな
必ず効くから
副作用はなるべくないようにするから

「今　澄んだ冷たい湧き水に
触ってみたくないか？
いい場所に連れていってやるよ」
なんて言う君

キッチンの窓の中に見つけた
東京の月を贈ってくれた君に
私は　真っ暗な庭で見上げた
田舎の月を贈ろう
私の空は濃藍色《こいあいいろ》
今日は十五夜

忘れられない人への想いに
思いきり浸ってみるのも
必要なのかも
二度と会えないってわかっているけれど
もう一度会いたいという思い
一緒にいられないってわかっているけれど
二人でいたいという思い

深く潜っていくの

光の届かない深海にだってある
静かに魅せられる世界
それを心に焼きつけたら
水光を目指して上がっていって

勢いよく顔を出したら
思いきり呼吸を

あなたをずっと待っていた
いろんな青と光が
出迎えてくれるから

一所懸命　生きている人は
美しい
「本物」って感じ

親

やきょうだいは
なんとか　なぐさめあって
しばらくすれば
生活はまた動き出していくだろうけど
あたしが死ぬと
唯一　あんたが心配なんだ
それだけなんだ

友達ってすばらしい

本当に純粋な心で向き合えて
その人を大切に思えて
決して自分を満たすためでなく
相手のことを想えるなら
してはいけない恋や
愛してはいけない人なんて
ないと思うんだけど

君が
走ったり体を動かしたりを
二人分やってよ
わたしは君を見ながら
その風を
一緒に感じるから

とにかく今　会って
君の手を握ろう
あとのことはいい
今　この思いを大切にしないと
きっとまた　離れてしまう
横や斜めじゃなく
ちゃんと目の前で
君と向かい合うんだ

毎日を　同じ空間で一緒にすごせる日がきたら
それはそうなるべきだったんだろうし
遠く離れてお互いを想うことになったら
それもまた　そうなるべきなんだよ
どちらも大事にしたい

たった一行の
君のメールの「……」の意味が
わかってしまうこと
うれしくてせつない

フリーダ

人は
苦しみと悲しみ
痛みと孤独を
味わえば味わうほど
傑作を
生み出すのだろうか

健康な体だったら
今からでも君のところに行けるのに
一緒にいたいって思いや
もっともっとたくさんの　正直な想いを
届けられるのに

君がこの街に帰ってくる
それだけで
つらいのも　痛いのも
吹っ飛んで
自然と歩幅が大きくなっちゃう
発泡酒じゃなくてビールを買っちゃう

パソコンの文字なのに
昨日と同じ「会いたいね」の言葉なのに
それに乗っかってる気持ちが
変化したのがわかる
わたしが君を
悩ませているんだね
もうそんなに
苦しまないで

君の帰国を待っている日々
寂しくてじゃなく
こんな思いで人を待てるということが
ただうれしくて　うれしくて

傷ついても　へこんでも
それでも恋は
したほうがいい

恋より愛ならもっといい

二

人同時に車のドアを閉めたら
すぐに買い物袋を開けるって　わかっていたよね
「今食べる？」は質問じゃなくて
〝そうだよね〟の確認の意味だもんね
並んでモロッコヨーグルを食べる三十代
そんな大人でもいいよね

一日で
いくつの展望台に登れるかやってみた
街が小さくなって消えてしまう
まだその向こうにある
君の住む街を思うこと五回

もう　おうちへ帰ろ

夕やけの色に泣けたって
葉を揺らす風に泣けたって
そんな感性よりも
健康で　好きな人のために動ける体がほしいと
君に反発した
でも　その時
君が
すごく好きだった

あの日は――
俺の一日のすべてが許せたな
という夜だったんだ……

出逢った日を　君はそうつぶやく

君の痛みが　心に突き刺さってくるよ
疲れた時は　一緒に目を閉じてみよう
息してることだけを　ゆっくり感じてみよう

君

君が見ている世界は何色なんだろう
君の心には　何がどんなふうに映ってるんだろう
君をもっともっと知りたい

少し前の君でもなく
少し後の君でもなく
今の君だから
好きになったんだろう
これでよかったんだろう

そう　よく君と同じ時刻に　同じ月を見ながら
メールをしたね
君と言葉が交わせない今
月を見るたび
君を守りきれなかった　支えきれなかった
自分に泣けてくるよ

君が男だから
それも
「明るくて　悩みなんてなさそうな奴」
なんてみんなが言う男だから
心配なんだよ
その奥にある
透きとおった　今にも砕けそうな心
がんばれ　がんばりすぎるなよ

具合悪いとか
寂しいとかじゃないんだ
君と会ったら
君が〝今ここに存在してくれている〟
という思いだけで
強く抱きしめるだろう

〝いつも笑顔でいる　やさしい人でありたい〟
その難しさについて語ったりする
君との面会時間

形はなく
決して壊れない
決して失《な》くさないものを
君から
いっぱいもらってる

三十年後に
今日の預かりものを
君に返すからね

この約束があるだけで
未来のその日
生きてる自分がみえるんだ

『つらいんです
強く　大きくなるには　どうしたらいいですか』
中学三年生からの相談だ

それは　一日や二日では　なれない
強く大きくなるには
生き続けることしかないのかもしれないよ

人間みんな　そんなに強くないし　大きくない

あたしなんてね
泣いて　へこんで　比べて　羨んで
嫉妬して　怒って　素直になれなくて
不安なのに強がって
怖いのに笑ったりして

こんな自分は……と思ってしまう

強く大きくなりたいと思う　君の心そのものが
とてもすばらしいと思うよ

君はきっと　そうなれる
一緒に考えていこう
一緒に見つけていこう

あたしは
君が好き
それだけ
それだけで
いいじゃない

つらいけど　言葉にできない
その時は
言葉にできない　できない
できないけど　つらいんだと
いつでもぶつけてね

た
のんでもないのに
仕事から帰ってきた君は
コンビニ袋　ガサゴソ
「はい　ジュース」って

こういうことに感謝しよう
毎日ちゃんと　ありがとうを言おう

私が知らない
ずっとずっと前の君に起こった出来事
その時の君の心を感じたら
泣けてきたんだ
全部なんてわからない
ただ感じてしまったんだ

君が好きだ
さぁ　今日も飲もう

うつぶせになり
君の心に集中すれば
530キロ先にいる　君の痛みを感じとる
心がじんじんとしながら
大地でつながる君を想う

こんな気分の時は
あの日　君と見た海や
まあるい空を思い出しちゃう
まったくちっぽけだよ　人間は

あの日　あんなすごいものを
見せてくれてありがとう

君の本を読んで　君に植物を贈りたくなったんだ――
あれから三年
それは広い鉢にひっこし
今日も生き生きとした葉をつけています
白い花を咲かせています

僕は医者じゃない
君の病気も治せない
でも　君を
どんな人よりもしっかりと
抱きしめてあげたい

ありったけの時間を
君とすごしたいんだ
ありったけの時間を
君と生きられますように

純粋すぎるくらい純粋で
だから世の中とうまくやっていけないような
そんな君が
私は好きだよ

君は強い人だから
あたしみたいに　すぐにへこたれないだろうけど
それでも　生きていると厳しい波はきっとある
君がこれから生きていく中で
泣くことや　落ち込むこと
体や心が元気じゃない時があってもいい
そんな時の君も含めて
まるごと君が好きだし
そういう時だって
君への尊敬は　何ひとつ変わらない

君に何かあれば
今まであたしがしてもらったように
今度は　あたしが君を守ってあげたい

その時は
みんなにやさしい私　じゃなく
君だけにやさしく
君ひとりのために動くから

君自身もうまく表現できないような
かすかな
繊細な
でも　見すごしちゃいけないような疲れが
君の芯に残ってるんじゃないかな　今日は

いつでも君の言葉に
耳と心を傾けるからね

会う時はいつも　自由気ままな空気を漂わせ
強気で荒っぽく
言いたい放題の君の中には
それと同じ分量だけ
黙って　自分の中だけで超えてきた
たくさんの思いがあるんだろうな

友達とふざけあって帰っていく
君の背中を見て
泣けました

あなたは　一つひとつの言葉を
ていねいに使う
それは
自分のためではなく
相手のために
やさしく
ひかえめに
でもブレずに

風が気持ちいいから会いたい
会いたい理由は　そのくらいでいい

世界に〝音楽〟があってよかった
小さいころからそう思ってた
音楽があったから生きてこられたんだと

今夜
世の中に〝君の音〟があってよかったと思った
この音で　私はこの先を生きていけそうだと

妹のうちのお風呂に入っている

妹は　新しい家族をもって
幸せになったんだな
こんな大きなおうちで
四人の子どもに囲まれ
大好きな人と幸せになったんだな

小さなアヒルや水でっぽうが　黄色バケツの中で待っている

君の声に触れたい夜がある

さくら貝のような空を
君と　もう一度――

友達のまぶたは赤く腫れていて
夕べもひとりで泣いたことを知りました

彼女は無言で
道端のハルジオンの花を　プチッとむしり取りました
それを親指の爪の上にのせて　プンッと弾くと
花は水を張ったばかりの田んぼに落ちていきました
彼女は　ハルジオンには妖精がいるんだと教えてくれました
水に浮かんだハルジオンの花が
クルクル回っていました——

小学三年生の帰り道のことでした

君の奏でるギターの音に
涙がこぼれました
ひとつこぼれたら
次から次へと　こぼれました
そして　お腹がすきました
それは　とっくの昔になくした感覚です
今夜はお腹がすいた　幸せの日になりました

第三章

自分だけの色
かけがえのない日々

骨が浮き上がった体　ツヤを失った毛
乾いた鼻の頭
ラブラドールの「らぶ」は
今を精一杯生きている
それは決して老いや死に抗ってではなく
すべてを受け入れ
いつもどおりに　あるがままに
生きるも　死ぬも　日常のひとコマとして

向こうの歩道から　小さい子が
「あぁ　ワンワンだぁー」と指をさし
福祉施設の送迎車から　白髪のおばあさんが
手を振り笑った
キミは　車の窓から顔を出すだけで
見ず知らずの人たちに
安らぎを与えているんだね

人間は
見えないものを思い描き　願うことができる
山の向こうの湖で　あの人が釣りをしている姿とか
昔　野生に返したスズメが
白んできた空の下　じっと朝日を待つ姿とか
遠く離れてしまった人の幸せとかを

そんな人間の力を大切にしたいね

妹へ

人間てね
生きていくほど
人間の汚さやどうしようもなさ
そんなのを感じる場面に
何度も出くわす

それでも　どうか君は
今のままの君でいてほしい

そのためにまた　傷つくこともあるだろうし
損をすることもあるだろう
真面目に進む自分が
バカバカしく思えることもあるだろう

それでも　どうか今日の心を失わず
人と向き合って生きてほしい

長生きはいらない

ただ　あなたより一日でも長く生きられるように
私は何もできないから
最後に〝残される〟という　一番の深い悲しみを引き受けること
それだけは　してあげられるように

乗り越えられない試練は
与えられない
今回の出来事は
あなたを育てるだろう
強く優しくするだろう

みんなが　今　ココに生きているのは
いろんな　キセキの重なりです
でもそれは　すべて必然です
来年も　みんなの手を握ったり
肩を抱いたり　ぎゅーってしたり
ナデナデしたり
その存在を　触れて感じながら
いっぱい笑えるといいな

私は物事に
「絶対」はないと思って
生きてたんだけど
あるんだよ

すべての人へ
あなたは
絶対に
ひとりじゃないから

ちゃんと見てください　〝黒いコ〟じゃないですよ
本当を見てください　〝汚いコ〟じゃないですよ
真ん中を見てください　〝怖いコ〟じゃないですよ

みんなが言ってたこと
いつだったか　誰かから聞いたことで決めないで
たった一つの出来事で決めないで
あなた自身の目で見たもの
あなた自身の耳で聴いた言葉
時間を共有する中で
あなた自身の心に映り　感じたこと
それを大事にしてね
ほかのみんなが向こう側に行ってしまい
あなた一人が残った時こそ　それを大事にしてね

そういうことを教えてくれたのは
しっぽをブンブン振って
垂れ耳をゆらしていた
濡羽色の君

＊濡羽色《ぬればいろ》
カラスの羽のような艶のある黒色。
青や紫、緑など光沢を帯びるわずかな干渉色を浮かべた美しい黒。
（「伝統色のいろは」https://irocore.com/　より）

向こうからくる車　追い越していった人の服
並べられた商品　街中の看板　見上げたビル

つらければつらいほど
目に映る世の中の色は
きれいすぎるほど
鮮やかで……

湯

船の中で体育座りをしてたら
ずっと昔の出来事や　少し前に出会った人を思い出して　恥ずかしくなった
そのあと最近を思い出して
あの人に　これを言おう
この人に　こうしようと次々浮かんだ
階段をおりて　冷蔵庫を開け
缶ビールを掴んだら
すべて消えてしまったけれど

世の中がどんなに進歩しても
どうか
大人も子どもも
季節や　風の匂いや　ものにある温度を
感じられる心を失いませんように
自分のすぐとなりに
動物や植物や　目には見えないほどの小さな命があることを
忘れませんように

一週間ぶり
車イスで連れていってもらった外

道端で採ってきて
ペン立てにさしたこの草の名は　なんだろう
雑草図鑑でみつけた「エノコログサ」

レジの横の
盲導犬の募金箱に
1円を入れようと思ったのが
君に通じてうれしかったな
僕は右から　君は左から
コインが落ちて重なった音が　心地よかったな
今日イチの幸せ

体のまん中から　湧き上がった震えが
全身に広がっていくようでした
立ちつくしたまま　日は傾き
薄暗い中で
空虚の中に残る　人の思いに圧されて
つぶされそうになりました

三年後　五年後とかではなく
毎年毎年　この東北の地を
あなたと一緒に
訪れよう

私の足元から
モクモク立ちのぼる煙に
何か言おうと
パトカーは減速しながら近づいて
私の背後で止まりました
そして
どろんこの道端に私が置いたお線香を見て
無言で走り去りました
それは　この痛みを
身をもって体験した人の優しさだと感じました
石巻――

空が青ければ青いほど
悲しみは深くなるよ

心の中に　今にも割れそうな水ふうせんがあって
それは　やり方次第で
いいほうにも悪いほうにも弾ける
その一歩手前の状態
もちろん　いいほうに弾けて
その飛沫《しぶき》を　心の中にいきわたらせたいのだけれど
どうしたらいいか分からず
今はただ見ているしかないような　そんな状態

解決できないことに
心を寄せている人
それもいいじゃないか
すてきじゃないか

私たちは　この四日間の休みに
特別なことは何もしていない
テキトーに食べて呑んで眠って
時々ちょっとイラッとして　また笑って
あとはゴロゴロしているばかり
あ　ゴミの分別はちゃんとして
水曜の朝　出すけれど

非日常じゃなく日常が「まぁ楽しいよね」というこの感じ
特別じゃないことの繰り返しが許せる　この感じ
誰もわからなくても〝私たち〟がわかっている楽しさって
実は尊いもの

「こ」の子がいるから死にたくても死ねない」
ではなく
「この子がいるから生きてゆける」
という言葉に変わる日がきますように
子どもを産めない私が
えらそうなことは言えないのだけれど
あなたのために　その子のために
そうであってほしいから
いつでもなんでも聴くから
どうか……

わかるよ
その時君は　君らしくいた
それ以上何もいらないんだよね
それでもなぜだか割りきれない考えや思いが
たくさん交差したんだね　今日は
よく頑張ったね

台風が去ったあとの今日の空　いい感じ
でも　もっといい感じなのは
遠く離れた場所で
同じようにこの空を見上げる人がいるってこと

大切な人と見た
体と心に焼きついてる風景ってありますか
その色　その声　その空気を
いつまでも大切に

一日が終われば
一日減っていく　君と生きる時間
もうすぐ夏至だ

病院のベッドで
地図を広げているんだよ
君が住む町は　海を越えた国の東のはずれ
君が立ち止まっただろう交差点や
一緒に渡りたいと思う橋や
二人で入ってみたくなる路地裏を
今　歩いているんだよ

今日も空が青い
きっと　君のために青いのだろう

じゃあこうしよう
君は雲になって
ふわふわと漂っていて
僕はそんな雲を見守る
大きな空になるから

うん　わかった
ときどきは　雨粒をいっぱい抱えるよ
たまに放電をして　枝分かれする　もの凄い光を見せるだろうけど　驚かないで
だけど基本的にはのんびりいくよ　ブラジルの音楽を聴きながら流れていくよ
あとは　いろんな色で包んでくれる
空におまかせ

〝生きている〟という手ごたえを
君自身で感じる瞬間が
少しでも多くありますように
離れていても　君の心に手をあてて
そう想っている

現実から逃げ出したかった
君たちをほったらかして　人ごみの中に出た
人が多ければ多いほど　私の孤独は増したけれど
それは気のせいだと自分を騙して何日も遊んだ
そうしたら　またひとつ裏切りを知り　悲しみを知ったよ

そして私は無言で家のドアを開けた
その時の心にはトゲがあったのに
君たちは　私が出ていく時と同じ　右がイエロー　左が黒の立ち位置で
私が出て行く時と同じ　まんまるな瞳で出迎えてくれた

その瞳を見て
ごめんね
やっと本当の自分に戻れたみたい

走る車の中から見た
木漏れ日のような光で
君を包みたいな

「何もしないで寝てていいよ　行ってきます」と
君は今日も玄関を出る

太陽が真南をすぎた頃
やっとタオルケットを手放すの
君が出たままの形になっているふとんを整えて
君と買った鉢植えを出窓に並べて
犬たちと君のことを話したりする

外が暗くなり　ガレージに入ってきた車のエンジン音に　二匹がピクリとする
ドアの向こうでカギを回している君に心が痛むけれど
「ただいま」と君が登場したら
みんながパッと明るくなって
それも忘れてしまう

そして　おふろに入って君と眠る

こんな毎日を送る私を
世間はどうしようもない人間だと言うけれど
私と共に生きる人がそれでいいと言うならいいんだろう

あっという間に朝が来て　君はまた
「寝てていいよ　行ってきます」と言う

それも　生きているってことなんだろう
それも　すてきなことなんだろう

富士川にて

草の匂いを運びながら抜けていく風
腕がじんじんとする日差し
ヨコに並ぶ三つの影
心をつなぐ二本のリード

そういうことが　やっぱりいちばん幸せだ

幸せはシンプルなこと
シンプルだけどeasyでないこと
ありがとう　今日という日を

今は亡き人々に思いを馳せよう
そして
今生きていることを感じよう
今いる人を愛そう
その人に心を込めよう

ゴン太には琉球犬の血が流れている

ゴン太は　もうすぐ死んでゆくのに怯えていない
やさしい瞳で私を見上げる

ゴン太はもうすぐ　大好きなこの海を
二度と見られなくなるのに悲しまない
気持ちよさそうに目を閉じたりする

私の最期は　どうあるだろうか

ゴン太（雑種／享年18歳）

ペテルギウスの超新星爆発
君と見るなら　青藍の夜空ではなく
真夏の昼に

今年は　窓のない病室で
君が撮った写真を通して
秋を味わいました

十一月――

陽が沈んだばかりの空に
紺青と月白の富士山
吸い込まれてしまいそうな湖の水面に
人間がつくりだした街の灯が落ちて輝く

この絶妙なバランスは計算されているかのようで
君が信じているという〝神〟の存在を
肯定したくなる瞬間

お父ちゃんより

あなた達に　いろんな景色を見せてあげたい
それは心に深く残らなくていい
生活の中で　一瞬　その景色が蘇って
穏やかな気持ちになってくれれば
体が痛い時　点滴が始まる時
雨の音に不安になった時
ワンワン吠えて叱られた時
ケージの中で留守番をする時
思い出してくれたら　それで　うれしいんだ

動けないでいると　手を借してくれる君に
わたしは
ごめんねと言うより
ありがとうと言おう

言葉は人を傷つけるなぁ
時には　この手術の傷なんかより
大きい傷をつくる
痛かった

毎日毎日　自爆テロのニュースだ
世界はどうなっていくのだろう
銃を向ける人は
空を見上げて　何を思うのだろう
大好きな歌を聴いて　何を思うのだろう
愛する人を思い出して　何を感じるのだろう

仲よくとか　力を合わせるとか　相手を想うこととかって
そんなに難しいことなのか
宗教や肌の色や国の壁は
どうやっても越えることはできないのか

私のこの思いは　どうにもならないのか

海や風や空
誰のものでもない
こんな素敵なものがあるのに
どうして人は
羨んだり
比べたり
戦争をしたりするのだろう

こんな光があるのに
こんな風があるのに
黙っていても
人にも地球にも
いつか終わりがくるのに
人は争う　急いで争う
どうして　なんで……

ラッコは眠る時　手をつなぐ
全力で　う〜んと伸びをする　アザラシ
イルカは心がわかるのだ
クラゲは心がわからなそう
大きなマンタ　空を飛ぶ
群についていけず　ひとりぼっち　イワシ
もうすぐ　息絶えるコ
さようなら　美しい

生きるのがつらい時は
人間以外の生命をみるといい
生きることに誠実だから

ごめんね
今　あなたが毎日
どんなに苦しんでいても
それでも私は
あなたが生まれてよかったと思うし
もっともっと同じ時を生きてほしいと願う

あなたが　あなたのペースで
あなたらしく楽しい日々をすごせるように
お父ちゃん　お母ちゃんは
心をこめて接し
全力で　あなたを見守り　支えます

誰にでもあるんだ
人生に必要な出会いというのが
君との出会いも――

〃おはよう〃を言える人がいることの救い
グラスとそれに勢いよく注がれていく水の一体感
しんとしたキッチンで君を想う

袋から二本入りのチューブのアイスを取り出すと
そのつなぎ目をパキンと切り離し
一本を私にくれた

残り少なくなってチューブが
ペタンコになってきたところで
君はフッと一瞬の息でそれを膨らませ
口にくわえたまま
上を向いた

アイスを持ったまま
君を見てフリーズしている私を
気にもとめず
君が入れ物の底をポンポンと指ではじくたびに
溶けかけたアイスは

ゆっくりと君の口の中へすべり落ちていった

その時の君の背景は
真夏の球場の空と
同点のまま9回を迎えているスコアボード
私だけが無音の中で
ただただ　君と生きていけたらいいなと思った時間

二人とも車のシートを倒して
頭の下に両手をあてた同じ形をして
しばらく天井を見ていた
音をたてないように　そっと起き上がって
君の胸に耳をあてて　心臓の音を聴いた
君は黙って　片方の手を頭から外して
ポンポンと背中をたたいてくれた
いろいろな思いは通じているようだ

いっ　誰が
その言葉を誕生させたんだろうね
命を運ぶ
〝運命〟という　それを――

僕と犬

自分でもなかなか太刀打ちできない
僕の中の難しささえ 君は大事にしてくれた
ひとつずつ ほどくように
少しずつ 積みあげるように　寄り添ってくれた
抱きしめたとき　僕の悲しみが深いほど
君は僕の後ろの遠くを見つめている
僕に心の平和をくれるのは
肩に感じる君の重みと 触れあっている首から伝わる君の体温
そして やさしいうねり毛のある 不言色の君の背中

＊不言色《いわぬいろ》
少し赤みのある黄色、くちなし色の別名。

（「伝統色のいろは」https://irocore.com/#intro1 より）

右　らぶ（ラブラドールレトリバー・イエロー／享年17歳）
左　ゆう（ラブラドールレトリバー・ブラック／享年10歳）

ぴょんぴょんと跳ねていた頃は
つやつや濡れた鼻に　はりついたよね
今　カサカサの鼻の頭をなでて　落ちていく
薄桜のひとひら

目を閉じたままの君

あぁ　君が生きていた日々

〃ふつう〃ってなに？
〃いろんなかたち〃が魅力的

著者プロフィール

浜野 みなみ（はまの みなみ）

1973年生まれ。
14歳で特定疾患である潰瘍性大腸炎を発病。その後、強直性脊椎炎も併発。
医師の反対をおして高校の看護科へ進学し、留年しながら20歳で卒業。
その後、日本医科大学丸子看護専門学校を卒業し、看護師として働く。
現在は、詩作に励む日々を送っている。
心の支えは、音楽と動物。
著書『毎日が大切な一日』（1999年 文芸社）

齋藤 陽道（さいとう はるみち）

1983年、東京都生まれ。写真家。都立石神井ろう学校卒業。陽ノ道として障害者プロレス団体「ドッグレッグス」所属。2010年、写真新世紀優秀賞（佐内正史選）。2013年、ワタリウム美術館にて新鋭写真家として異例の大型個展を開催。2017年に、7年にわたる写真プロジェクト「神話（1年目）」を発表。精力的な活動を続けている。

ブルーグリーンに包まれて

2019年4月15日　初版第1刷発行

著　者　浜野 みなみ
発行者　瓜谷 綱延
発行所　株式会社文芸社
〒160-0022　東京都新宿区新宿1－10－1
電話 03-5369-3060（代表）
03-5369-2299（販売）

印刷所　株式会社フクイン

ISBN978-4-286-20171-9